Título original: *It Will Be Okay: trusting GOD through fear and change*
Copyright © 2014 por Lysa TerKeurst.
Edição original por Thomas Nelson, Inc. Todos os direitos reservados.
Copyright da tradução © Vida Melhor Editora LTDA., 2022.
Todos os direitos desta publicação são reservados por Vida Melhor Editora LTDA.

Publisher	*Samuel Coto*
Editora	*Brunna Prado*
Produção editorial	*Beatriz Lopes*
Estagiárias editoriais	*Camila Reis e Lais Chagas*
Tradução	*Francisco Nunes*
Preparação	*Daniela Vilarinho*
Revisão	*Carla Bettelli*
Adaptação de capa e miolo	*Alfredo Rodrigues*

Os pontos de vista desta obra são de total responsabilidade da autora, não referindo necessariamente a posição da Thomas Nelson Brasil, da HarperCollins Christian Publishing ou de suas equipes editoriais.

As citações bíblicas são da Nova Versão Internacional (NVI), da Bíblia, Inc., a menos que esteja especificada outra versão da Bíblia Sagrada.

Catalogação na Publicação (CIP)
(BENITEZ Catalogação Ass. Editorial, MS, Brasil)

T319v TerKeurst, Lysa
1.ed.   Vai dar tudo certo / Lysa TerKeurst; ilustração Natalia
          Moore ; tradução Francisco Nunes. – 1.ed. – Rio de Janeiro: Thomas
          Nelson Brasil, 2022.
                32 p.; il.; 24 x 24 cm.

           ISBN : 978-65-56893-45-7

                1. Ansiedade – Literatura infantojuvenil.
          2. Confiança em Deus. 3. Crescimento espiritual.
          4. Medo – Literatura infantojuvenil. I. Nunes,
          Francisco. II. Título.
04-2022/14   CDD 028.5

Índice para catálogo sistemático:
1. Literatura infantil 028.5
2. Literatura infantojuvenil 028.5
Bibliotecária : Aline Graziele Benitez CRB-1/3129

Thomas Nelson Brasil é uma marca licenciada à Vida Melhor Editora LTDA.
Todos os direitos reservados à Vida Melhor Editora LTDA.
Rua da Quitanda, 86, sala 601A – Centro
Rio de Janeiro – RJ – CEP 20091-005
Tel.: (21) 3175-1030
www.thomasnelson.com.br

Este livro foi impresso pela Gráfica Terrapack,
em 2024, para a Thomas Nelson Brasil.
O papel do miolo é offset 150g/m² e o da
capa é cartão supremo 250g/m².

Vai dar tudo certo

Lysa TerKeurst

Ilustrado por
Natalia Moore

Olá, colega!

Uma das lições de vida que mais tive dificuldade em ensinar a meus filhos foi sobre medo e preocupações. Como mãe deles, eu sinto o que eles sentem. Eu me machuco quando eles se machucam. Eu me preocupo com as preocupações deles.

Quando uma de minhas filhas tinha sete anos, ela de repente passou a ter medo de subir ao palco na frente de sua turma. Isso era uma coisa que ela sempre tinha amado fazer, mas ela passou a congelar por causa da ansiedade. Enquanto íamos de carro para a escola, eu disse a ela que me sentaria na primeira fileira para que ela pudesse manter os olhos fixos em mim. Minha presença poderia lhe transmitir segurança e meu sorriso poderia lhe transmitir coragem.

Isso funcionou muito bem porque eu estava lá presencialmente. Conforme meus filhos cresciam, tive de ser mais criativa. Eu me empenhei em ajudá-los a encontrar a mesma segurança e a mesma coragem para enfrentar seus medos seguindo este caminho: manter os olhos em Deus e nas Escrituras.

Foi então que percebi que precisava de uma história para ilustrar como podemos confiar em Deus em meio ao medo e entender que ele permanece bom mesmo quando a vida não parece ser muito boa.

Ah, meu coração de mãe está orando muito por você e por suas crianças enquanto leem este livro! Estou orando para que você possa aplicar esta história para os medos e as preocupações especiais que suas crianças enfrentam hoje. Espero que elas levem esta lição para os dias futuros, quando não mais dormirão embaladas pelas histórias que lhes são contadas.

Também escrevi uma lista de versículos bíblicos que poderá ser memorizada e guardada no coração de seus filhos, ou colada no espelho, para, assim, equipá-los com a ferramenta mais poderosa que existe: a Palavra de Deus!

Muitas bênçãos,

Dez passagens das Escrituras para memorizar com seus filhos

- "Não andem ansiosos por coisa alguma, mas em tudo, pela oração e súplicas, e com ação de graças, apresentem seus pedidos a Deus."
  (Filipenses 4:6)

- "Sabemos que Deus age em todas as coisas para o bem daqueles que o amam, dos que foram chamados de acordo com o seu propósito."
  (Romanos 8:28)

- "'Eu estou com você e cuidarei de você, aonde quer que vá'."
  (Gênesis 28:15)

- "O Senhor, o seu Deus, está em seu meio, poderoso para salvar."
  (Sofonias 3:17)

- "'Porque sou eu que conheço os planos que tenho para vocês', diz o Senhor, 'planos de fazê-los prosperar e não de lhes causar dano, planos de dar-lhes esperança e um futuro'."
  (Jeremias 29:11)

- "'Por isso não tema, pois estou com você; não tenha medo, pois sou o seu Deus. Eu o fortalecerei e o ajudarei; eu o segurarei com a minha mão direita vitoriosa'."
  (Isaías 41:10)

- "Mas eu, quando estiver com medo, confiarei em ti. Em Deus, cuja palavra eu louvo, em Deus eu confio, e não temerei."
  (Salmos 56:3,4)

- "Sejam fortes e corajosos. Não tenham medo nem fiquem apavorados por causa deles, pois o Senhor, o seu Deus, vai com vocês; nunca os deixará, nunca os abandonará."
  (Deuteronômio 31:6)

- "Levamos cativo todo pensamento, para torná-lo obediente a Cristo."
  (2 Coríntios 10:5)

- "Eu te amo, ó Senhor, minha força. O Senhor é a minha rocha, a minha fortaleza e o meu libertador; o meu Deus é o meu rochedo, em quem me refugio. Ele é o meu escudo e o poder que me salva, a minha torre alta."
  (Salmos 18:1,2)

Em um galpão empoeirado, em uma prateleira bamba, escondido dentro de um pacote aconchegante, vivia Sementinha.

Dia após dia, Sementinha observava o Fazendeiro entrar no galpão. A mão forte do Fazendeiro alcançava o pacote e, a cada vez que selecionava uma das sementes, ele dizia:

— Eu tenho um bom plano para você.

Sementinha sabia que o Fazendeiro era bom e gentil, mas mesmo assim não queria deixar sua casa.

Sementinha gostava de viver dentro do pacote aconchegante, lá na prateleira bamba no galpão empoeirado do Fazendeiro.

Ele não queria sair dali.

No bosque pertinho dali, debaixo das árvores grandes e altas, em uma toca confortável, vivia uma raposa brincalhona.

Raposinha corria ao redor dos troncos das árvores no bosque.

— Iupi!

Ela gritava com grande alegria!

Mas então uma sombra alongada e cinza a assustou, e ela corria para se esconder em sua toca. Ela tinha medo das sombras escuras.

E dos ventos uivantes.
E da chuva.
E de quase tudo.

Raposinha gostava de sua toca aconchegante, debaixo das árvores grandes, no bosque ali pertinho.

Ela não gostava de sentir medo.

Em uma noite particularmente escura, uma tempestade atingiu a floresta. Trovão barulhou. Relâmpago reluziu. E, na toca da Raposinha, a chuva entrou.

— Ah, não!

Raposinha chorava enquanto corria em meio às árvores, tentando encontrar um lugar seguro, seco e nada apavorante. Ela disparou para dentro do galpão empoeirado do Fazendeiro, esbarrou na prateleira bamba e derrubou o confortável pacote de sementes. **Sementinha saiu rolando pelo chão.**

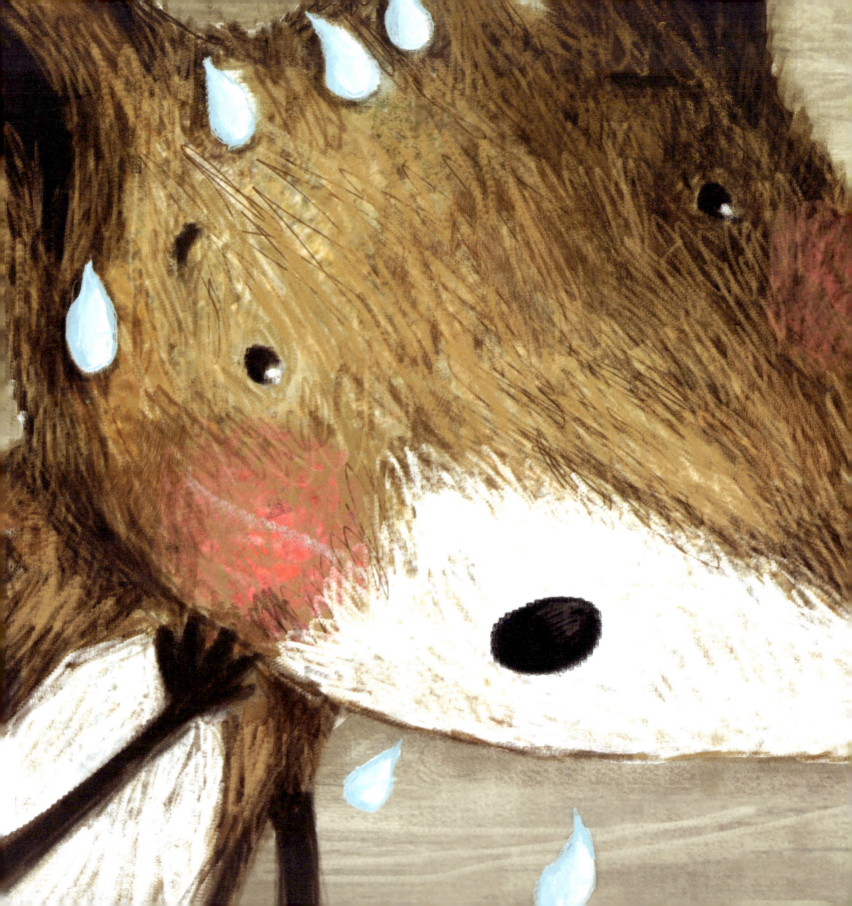

Raposinha, surpresa, se viu frente a frente com um Sementinha não muito animado.

— Eu sou Raposinha, moro na toca debaixo das árvores grandes no bosque aqui pertinho — explicou. — Adoro brincar no bosque, mas tenho medo de sombras escuras e de ventos uivantes. Não há ventos nem sombras aqui no seu galpão. Posso morar com você? — E perguntou:

— Quer ser meu amigo?

Sementinha retrucou:

— Você tá vendo aqui alguma almofada? Tá vendo aqui alguma cama? Tá vendo aqui algum lugar pra deitar sua cabeça molhada? Não tá vendo, né? Porque este lugar seguro é o galpão do Fazendeiro.

Mas então Sementinha pensou em como era seguro e quentinho dentro do pacotinho aconchegante na prateleira bamba no galpão empoeirado do Fazendeiro. E pensou que poderia ser bem legal ter uma amiga.

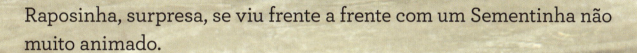

Raposinha e Sementinha se tornaram melhores amigos!

Sementinha contou histórias bobas e Raposinha fez caretas engraçadas. Todos os dias, quando o Fazendeiro vinha ao galpão, Raposinha se escondia de sua visão.

Mas o Fazendeiro era bom, o Fazendeiro era gentil e o Fazendeiro estava sempre cuidando deles.

Mesmo quando eles não sabiam disso.

Certa manhã, o Fazendeiro entrou no galpão, como já havia feito muitas vezes.

— Sementinha — ele chamou enquanto o colocava na sua mão. — Eu tenho um plano maravilhoso para você. Tenho esperado pela hora certa e hoje é o grande dia!

"Ah, não! Não, por favor! Eu não quero ir, que pavor!",

pensou Sementinha.

O Fazendeiro saiu do galpão e se ajoelhou. Ele cavou, colocou Sementinha dentro da terra, em um lugar fundo, escuro e feio.

— Agora, Sementinha, vai ser tudo diferente. Sei que parece assustador, mas **vai ficar tudo bem.** Pode confiar em mim — explicou o Fazendeiro.

Sementinha desejou estar dentro do pacote aconchegante lá na prateleira bamba no galpão empoeirado do Fazendeiro.

"Quero confiar, mesmo quando não posso enxergar. Mas como assim isso será bom pra mim?"

— Sementinha, volte aqui!

Gritou Raposinha quando viu o Fazendeiro levar seu amigo embora.

— Onde você está, Sementinha?

Ela procurou na frente do galpão e atrás do galpão, mas...

Sementinha não estava lá..

Ela olhou em cima do trator e embaixo do trator, mas...

Sementinha também não estava lá.

Ela olhou debaixo das asas do pato...

...dentro das orelhas do cachorro.

Ela olhou na baia do cavalo, no chiqueiro do porco e até nas botas do Fazendeiro,

mas não encontrou Sementinha em nenhum canto!

Agora Raposinha estava muito preocupada e saiu chamando:

— Sementinha!

— Eu tô aqui, eu tô aqui!

Tô bem enterrado!

Assustado e sozinho, mas não tô machucado.

Foi a resposta abafada do Sementinha, que veio de baixo de Raposinha.

Raposinha pensou muito em alguma coisa para dizer ou fazer que pudesse ajudar seu amigo a não ter medo. Mas ela também estava se sentindo assim.

— É diferente e assustador estar em um lugar novo... Mas **vai ficar tudo bem**, Sementinha!

Sementinha não tinha tanta certeza. E Raposinha também não.

Mas o Fazendeiro era bom, e o Fazendeiro era gentil e o Fazendeiro estava sempre cuidando deles.

Mesmo quando eles não sabiam disso.

Raposinha ficou com Sementinha noite após noite e dia após dia.

Ela também estava assustada e sozinha.

Depois de algum tempo, Raposinha começou a perceber como o Fazendeiro cuidava deles. Água fresca para Sementinha. Frutinhas doces para Raposinha. Ela já nem ficava com tanto medo quando via as sombras escuras ou ouvia os ventos uivantes. Raposinha estava começando a acreditar que o Fazendeiro era bom e que o Fazendeiro era gentil.

— Meu amigo — sonolenta, Raposinha sussurrou para Sementinha —, pode dormir.

Vai dar tudo certo!

Sementinha ficou naquele lugar escuro e feio por muito tempo. Pelo menos, foi o que pareceu para ele.

Mas, certa manhã de primavera, Sementinha sentiu uma agitação misteriosa. Olhou para baixo e descobriu que não era mais semente: estava se tornando algo totalmente novo, algo maravilhoso!

Ele foi subindo no escuro, para fora da terra, para aparecer lá em cima, rompendo o solo!

E ali, com cara de sono e um olhar surpreso, estava sua amiga, Raposinha.

Raposinha olhou para baixo e viu um lindo broto verde.

— Meu amigo!

Gritou Raposinha, cheio de alegria! Eles estavam de novo cara a cara, e Sementinha contou histórias bobas e Raposinha fez caretas engraçadas.

Depois de muitos dias de diversão, Sementinha disse:

— Raposinha, olhe bem pra mim!
É difícil acreditar que fiquei assim!
De um lugar feio e escuro, eu crescia e crescia.
De semente a árvore! Só o Fazendeiro sabia.

Juntos, os dois amigos conseguiram atravessar aqueles dias escuros e assustadores. E cada um aprendeu que o Fazendeiro era bom, que o Fazendeiro era gentil e que o Fazendeiro estava sempre cuidando deles.

Até mesmo em lugares escuros e feios.

Sementinha não era para ser apenas mais um naquele pacotinho de sementes. E Raposinha não era para estar sempre com medo e sozinha.
As estações passaram...

Sementinha então se tornou uma árvore grande e forte.

Raposinha corria ao redor do seu tronco. E, às vezes, Raposinha se deitava na grama alta e verdinha que crescia perto do Sementinha.

A brisa fazia cócegas em seu focinho, e o Sol aquecia sua barriguinha.

E o bom e gentil Fazendeiro estava sempre cuidando deles.

Sementinha queria que as coisas continuassem do jeito que estavam.

Raposinha às vezes sentia medo.

Mas, assim como eles aprenderam a confiar no Fazendeiro, nós podemos aprender a confiar em Deus.

Não precisamos ter medo. Ele tem um plano maravilhoso!

Deus ama você e Ele é bondoso.

E, no final, vai dar tudo certo!